# O vento traz o perfume da tua ausência

A poesia de
Noemia Alonso

In Media Res

# The wind brings the scent of your absence

The poetry of
Noemia Alonso

In Media Res

In Media Res


Projeto gráfico: In Media Res Editora
Capa: óleo sobre tela de Noemia Alonso Felipe
Revisão: Ana Beatriz Manier

**Dados Internacionais de Catalogação na Publicação (CIP)**
**(Câmara Brasileira do Livro, SP, Brasil)**

A315v
Felipe, Noemia Alonso
O vento traz o perfume da tua ausência = The wind brings the scent of your absence. Texto, tradução e ilustração de Noemia Alonso - 1ª edição - Nova Friburgo – RJ. In Media Res, 2022
120 p.

Edição bilingue: português/inglês
ISBN: 978-65-994162-8-6

1.poesia 2. poesia brasileira. I. Título

CDD: B869-1


Educatoris Instituto de Educação Multidisciplinar Ltda
Rua Abdo Abi-Ramia, 81
28630-090 - Nova Friburgo – RJ
www.inmediares.com.br

Pour Soleil

Sumário/Summary

Selected Poems:

# PREFÁCIO

Escrever o prefácio de "O vento traz o perfume da tua ausência", livro de poemas de Noemia Alonso, é um verdadeiro presente.

A doçura e a sensibilidade dessa amiga conduzem à inspiração e à vontade de interpretar a sua poesia, pois Noemia se doa inteiramente às pessoas e ao seu trabalho, com a delicadeza de uma criança brincando.

Como se fosse dar um mergulho no mar – uma de suas paixões – Noemia se lança por inteiro em sua Arte, seja em forma de pintura, de escultura ou de poesia, deixando em cada uma delas sua marca própria.

A artista traz consigo o frescor da descoberta, porque não perdeu, da infância, a capacidade de admirar, de indagar, de buscar...

A Arte é a forma que ela escolheu para conhecer o mundo e é através de suas percepções e sensações estéticas, que Noemia vai traçando o mapa do caminho a percorrer. É através dos olhos da Arte que ela vê o Universo inteiro.

Assim é que a Natureza se torna presença viva e frequente em sua poesia. O mar, a noite, o Sol, a Lua, o vento, as flores, todos parecem íntimos, como se fossem companheiros de viagem.

À medida que lemos o livro e percebemos diferentes estados de espírito, os poemas vão criando contornos mais firmes e se adensando. Noemia não tem medo de escancarar sua dor ou sua solidão, não tem receio de se declarar mesmo que algumas vezes se decepcione por lhe faltar acolhida, por não se sentir compreendida.

Ao lado da alegria e da beleza que a Natureza pode proporcionar, uma tristeza silenciosa perpassa com dedos trêmulos alguns de seus melhores versos, como "Mendiga de Amor" ou "Coração em Retalhos". É uma poesia carregada de um amor profundo e incondicional. Mas é também a tristeza da solidão. Uma solidão sempre criativa em que ela se retrai, pois através dela consegue sentir o mais profundo de seu ser.

E então, em seguida, essa tristeza é superada por uma força interior que a impele para a mágica da vida a qual ela se entrega completamente. É essa energia vital que a faz pendurar "uma Lua branca na noite triste e escura". E faz com que a desesperança dê lugar à luz clara do renascer, à renovação da vida, quando "botões de rosas vermelhas florescem das feridas..."

A crença profunda na arte faz Noemia terminar o livro com um apelo:

"O mundo precisa de arte.
O mundo precisa de artistas.
Será a voz de nossos corações
O último som que irá ecoar no mundo", novamente!

Liana Eppinghaus Barbalho Silva Teles
São Paulo, SP. Brasil
2021

# PREFACE

Writing the preface to "The wind brings the scent of your absence", a book of poems by Noemia Alonso, is a real gift.

This friend's sweetness and sensitivity lead to inspiration, to the desire to interpret her poetry, as Noemia gives herself entirely, to people and to her work, with the delicacy of a child at play.

As if taking a dip in the sea, one of her passions, Noemia throws herself entirely into her Art, whether in the form of Painting, Sculpture or Poetry, and in each one she leaves her own mark.

The artist brings with her the freshness of discovery, because she has not lost, from childhood, the ability to admire herself, to inquire, to seek...

Art is the way she chose to know the world; through her aesthetic perceptions and sensations, she traces the map of the path to be followed. It is through the eyes of Art that she sees the entire Universe.

This is how Nature becomes a living and frequent presence in her poetry. The sea, the night, the sun, the moon, the wind, the flowers, seem to be intimate, as if they were traveling companions.

As we read the book, we notice different moods, that is when the poems create firmer contours and thicken. Noemia is not afraid to open up her pain or her loneliness, she is not afraid to declare, even when, sometimes, she is disappointed, for lack of acceptance, for not feeling understood.

Next to the joy and beauty that Nature can provide, a silent sadness passes through some of her best verses with trembling fingers, as in "Beggar of Love" or "Heart in Patches. They are poems full in deep and unconditional love, but they are also marked with the sadness of loneliness. A loneliness that is always creative, and in which she retreats in solitude, because through it she can feel the deepest part of her being.

Then this sadness is overcome by an inner force that pushes her towards the magic of life and to which she surrenders completely.

It is this vital energy that makes her hang "a white moon in the dark and sad night". And makes despair give way to the clear light of rebirth, the renewal of life, when "buds of red roses bloom from wounds..."

The deep belief in art makes Noemia end the book with an appeal:

"The world needs art.
The world needs artists.
It will be the voice of our hearts
The last sound that will echo in the world" again!

Liana Eppinghaus Barbalho Silva Teles
São Paulo-SP. Brazil
2021

## INTRODUÇÃO

Noemia Alonso Felipe e eu somos amigos e colegas há mais de uma década.

Desde o início, encontramos uma estética em comum, dois artistas criando trabalhos com conteúdo envolvente e universalmente relevante.

Noemia, já pintora e escultora talentosa, conhecia sua missão e moveu-se em direções que levam a forma figurativa a níveis que ninguém esperaria.

Seu trabalho, suas mãos, sua mente, são uma fonte de criatividade que toca a todos.

Bravo, Noemia, amiga e colega artista... O seu melhor ainda está por vir...

## INTRODUCTION

Noemia Alonso Felipe and I have been friends and colleagues for more than a decade.

We found a compelling aesthetic between us from the beginning, two artists creating work with engaging and universally relevant content.

Noemia, already an accomplished painter and sculptor, knew her mission and pushed herself in directions that brings figurative form to levels no one expected.

Her work, her hands, her mind, are a wellspring of creativity that touches everyone.

Bravo Noemia, friend and fellow artist... your best is still yet to come...

Miles Laventhall
Artist
FL, USA

# AGRADECIMENTOS

No momento do processo criativo, uma força emocional intensa manifesta-se na minha obra, seja na pintura ou na escultura.

Desde as primeiras imagens que surgem na minha mente, até a fase final, palavras soltas, frases em versos, e, às vezes, poemas completos povoam os meus pensamentos, acompanhados ou não de melodias musicais, como em um sonho.

Com os anos, fui anotando esses versos e, hoje, este pequeno livro nasce para enriquecer uma vida inteira dedicada à expressão das emoções humanas.

Espero que meus singelos poemas dedicados à arte, à vida, à morte, ao mar, a alegrias, a tristezas e a paixões avassaladoras, como enérgicas fontes de vida, tragam momentos de deleite ao leitor, que só a arte tem a força de nos proporcionar.

Meu mais profundo agradecimento aos meus pais, que sempre me apoiaram no caminho das artes, aos amigos Miles Laventhall, José Antonio Leão Ramos, Denise Berbert e Liana Eppinghaus Barbalho Silva Teles que, pacientemente e generosamente, incentivaram-me a registrar os meus "textos poéticos", como eu costumava a eles me referir, e com honra fui chamada por eles de "Poeta", fazendo-me acreditar neste meu trabalho.

Minha gratidão à Ana Beatriz Manier e a toda equipe da In Media Res Editora pela atenção e dedicação na análise de meus poemas e pela sensibilidade na edição que concedeu harmonia entre minha obra visual e escrita, criando um livro delicado e compatível com o meu estilo artístico. Minha gratidão a todos os amigos que passaram pelo meu caminho, deixando palavras de incentivo, admiração e carinho.

# ACKNOWLEDGE

At the moment of the creative process, an intense emotional force manifests itself in my work, whether in painting or sculpture.

From the first images that pop into my mind, until the final stage, single words, sentences in verses, and sometimes complete poems, populate my thoughts, accompanied or not by musical melodies, as in a dream.

Over the years I wrote down these verses and today this little book is born to enrich an entire life dedicated to the expression of human emotions.

I hope that my humble poems, dedicated to art, life, death, the sea, joys, sorrows and overwhelming passions, as energetic sources of life, bring moments of delight to the reader that only art has the strength to provide to us.

My deepest thanks to my parents who have always supported me on the path of the arts, to my friends Miles Laventhall, José Antonio Leão Ramos, Denise Berbert and Liana Eppinghaus Barbalho Silva Teles who patiently and generously motivated me to register my "poetic texts", as I used to refer to them and, with honor I was called by them "Poet", making me believe in my work.

My thanks to Ana Beatriz Manier and to all In Media Res Publishing House team for the attention and dedication to the analysis of my poems and for the sensitivity in the editing step which added balance to my written and visual work, achieving a delicate book in complete harmony with my artistic style.

My gratitude to all the friends who passed my way leaving words of encouragement, admiration and affection.

Noemia

# O mar

## Caminho das águas

A água da chuva
Penetra no solo, e
Engrossa as águas do riacho.
A água segue o seu destino
Sem saber quais pedras
Terá que ultrapassar.

De repente: o abismo.
Não haverá tempo para o medo.
Em gotas espraiadas
Tomará a forma de véu de noiva.
Doce ilusão da água cristalina:
O véu se desfaz ao fim da queda,
De encontro às duras pedras.

Eis que se une a outras águas,
Gotas-irmãs de outras chuvas
E seguem juntas seu destino.
Ao fim da carreira: o grande oceano.
Em alívio, a doce água entrega-se
Aos braços salgados do mar.

Já não é solitária:
Uniu-se pelo caminho com outras tantas.
Já não é única:
Perdeu-se na entrega ao oceano.

## Coração de areia

Amanhece na praia.
O vento, como mãos de veludo, envolve o corpo.

Ouço a mãe dizer à filha pequena:
"Se você cavar fundo vai chegar do outro lado do
[mundo!"
"É verdade!", diz a pequenina.

Lembrei de minha mãe, que dizia o mesmo enquanto
eu cavava a areia da praia: "o que haveria do outro
[lado do mundo?"
Levanto o olhar:
O que haveria para além daquela "linha" a que deram
[o nome de "horizonte"?

As ondas do mar dançam o seu balé eterno,
[acompanhadas de seu próprio canto lamurioso.
O vento de fundo a sussurrar:
"Para além do horizonte, menina, há poesia."
Duvidei do vento.

Abaixo a cabeça: um enorme coração foi traçado na
[areia.

Talvez seja o coração do vento de mãos de veludo.
Talvez seja o coração do mar cheio de lamentos.
Talvez seja o coração do horizonte coberto de poesia.

## Encontro de céu e mar

É manhã de verão.
O sol vai se levantando vagarosamente e
Aquece as águas do mar.

Uma brisa suave
Brinca com os cabelos da moça.
A onda vem e envolve os seus pés.

Em suas pequenas mãos ela toma
O encontro entre o céu e o mar:
No horizonte há um amor escondido.

Suas mãos se fecham em forma de concha
E guardam esse amor
Como uma pérola rara.

Ela sente nova onda
Tocar seus pés nus:
A alma se agita.

A beleza é libertada
E espírito e pérola
Unem-se ao mar.

# O amor

## Paixão em paso doble

A princípio, deram-se as mãos.
Ele a envolve com seu braço
E a prende firme perto de si.
Um passo... depois outro.
Um cruzar de pernas,
Corações palpitantes,
Faces voltadas à mesma direção.
Espíritos sincronizados
Em amorosa melodia.

Intensifica-se o ritmo,
Os corpos estão aquecidos pela paixão.

Mãos fortes e ansiosas buscam
As curvas sedutoras de sua amada.
Com os lábios umedecidos, ela se entrega a ele.
De almas incendiadas pelo desejo
Seus corpos unem-se e tornam-se um só:
Momento infinito compartilhado,
Sem tempo, sem espaço.
Sentido e verdadeiro.
Encerraram-se os passos.
As pernas que antes se movimentavam
Ao compasso crescente,
Descansam em terno abraço.
E a dança da paixão transforma-se em poesia.

## Derrota da razão

Na batalha entre a razão e o sentimento
O coração domina a mente,
Como a um general vencedor.
Lutar contra é uma canseira
E uma derrota na certa.
Amar é se entregar,
É possuir e é manter.
Amar é renascer, gemer e chorar.
Amar é afastar a morte que espreita.

## O retrato

Contorno com o olhar
O formato do seu rosto:
Maxilar angular,
Pele clara,
Olhos amendoados.
As maçãs do rosto estão levantadas
Pelo sorriso sedutor: está feliz.
Todo o seu rosto sorri.
Na minha imaginação
Está sorrindo para mim.
Os lábios finos não pronunciam uma só palavra,
O olhar é fixo, imóvel,
Congelado.
Homem incógnito e belo da fotografia,
Nem imagina que o seu sorriso estático
Tranquiliza uma alma solitária,
A faz sorrir, adormecer e sonhar.

## Flor de jasmim, gota de mel

Se um dia quiser me encontrar,
É só me procurar em uma flor de jasmim,
E provar uma gotinha de mel:
E me sentirá em perfume e sabor.

Irá me encontrar quando acariciar
Uma sedosa pétala de rosa.
E quando ouvir a chuva batendo no telhado,
Lavando o ar e consolando as almas solitárias.

A inspiração vem do amor,
Traz a poesia que me faz perto de ti.

## *Caixinha dourada*

Se eu pudesse, te abraçaria
E te manteria em meus braços
Até que se dissipassem
Todas as tuas dores.

E te daria beijos cheios de ternura.
Toda a ternura que sinto por ti,
Que não sei explicar por que nasceu
E ainda permanece em mim.

Não importa,
Não sei como e nem por quê.
Não luto contra essa terna afeição:
Eu a sinto e a vivo.

Quando te cansares de minha ternura, me avise:
Eu a guardarei em uma caixinha dourada,
E a trancarei entre as boas lembranças
Das gavetas da memória.

## Porta do coração

Te tenho dentro do meu peito,
Escondido atrás de uma porta dourada
Que existe no meu coração de carne.

Se um dia me abrirem ao meio
Encontrarão a porta,
Mas ninguém terá a chave
Pois eu a levarei embora comigo.

Essa chave é feita de sentimento
E pertence só a mim.
Penso em ti sem precisar de esforço pra isso.
E rezo por ti orações silenciosas cheias de amor.

## *Luta de vida e de morte*

Como render-se à lógica
Quando se trata de amor?
A alma não se entrega
A argumentos que causem dor.

Sonha com noites adocicadas e frescas
Como frutas recém-colhidas,
Arranjadas em taças de afeto
Por mãos amorosas oferecidas.

A tirana tristeza
É cúmplice do equilíbrio:
Com insistência tenta provar
Que a escolha é mero delírio.

Desistir para o bem da sensatez?
Lutar contra a tirania do óbvio?
Sentimento é vida.
Razão é morte.

A noite,
o Sol e a Lua

## Noite escura sem estrelas

O Rei Sol derrama a sua luz para dizer adeus.
Deixa atrás de si apenas a escuridão.

Estrelas!
Estrelas!
Onde estão as estrelas?
Quanta solidão.

Eu olho para o céu
E está tão escuro!
Eu não gosto de céu escuro.
Quanta desilusão.

Eu olho para o céu:
É noite escura sem estrelas,
É noite triste sem canção,
É noite morta sem paixão.

## Cantilena

De negros dias e
Doloroso lamento
É o compasso da triste melodia.

Pela janela aberta
A Lua escuta
A morosa cantilena.

A Lua a aconchega
Com o seu etéreo manto de seda
E a guarda envolta em sua aura serena.

O espírito se acalma e cessa o lamento.
Mas breve é o descanso,
E à primeira luz do dia,
Desperta a mesma negra melodia.

## Desperta, amor

Acorda.
Acorda.
Acorda.

Vem ver a Lua.
Desperta, amado.

O amor devia ser lembrança,
Mas é saudade.
Devia ser prazer,
Mas é dor.

Acorda, amor.

## *Manto de veludo negro*

A Noite cobre o céu com seu manto de veludo negro.
Um pontinho claro e tímido,
Como um pequeno diamante,
Enfeita a escuridão.

A Noite, como a mulher vaidosa,
Alegra-se com o raio de luz delicado,
E eis que seu manto cobre-se de estrelas.

Admirada, observo um coração aparecer
Em meio à Via Láctea!
Seria o coração da Noite?

Começo a sorrir ao mesmo tempo em que abro
[os olhos.
Há um perfume suave no ar.
Foi apenas um sonho.

## Eclipse

Como um eclipse
A força do desejo
Tomou conta da noite

O pensamento evoca
O encontro de
Corpos imaginários

Almas distantes
Se fundem em forma
De doces lembranças

E a Lua amou o Sol:
Entregam-se sem resistência
Vozes libertam-se em êxtase

Sua cabeça pende
Sobre seu ombro,
Impera o silêncio

## *A alma e a Lua*

Uma sombra negra
Envolve o amor,
E em profunda amargura
Torna lacrimosa a sua alma.

Alma sofrida, porém generosa,
Com um olhar doce ilumina
A Lua de coração rasgado,
E o remenda em versos delicados.

A Lua, enamorada e agradecida,
Afasta com o seu sopro cálido
A sinistra sombra escura:
A alma liberta-se em um raio de luz dourado.

O amor silencioso e o coração de retalhos
Unem-se e renascem em poesia.
Longa é a espera.
Infinita a esperança.

# A perda, a ausência e a solidão

## Te procuro, te encontro

Pela noite eu te procuro.
Busco tuas mãos,
Teus braços, teus lábios.

Pela noite eu te encontro.
No teu afago, no teu abraço,
No teu beijo.

Olhos fechados,
O amor se faz em sonho:
Intenso e verdadeiro.

Encosto a cabeça em teu peito.
E sinto teu braço em abraço,
E teus lábios em doce beijo.

Abro os olhos: o sonho acabou.
Ao meu lado a cama está vazia e fria.

Pela madrugada escrevo,
A mão despeja no papel a dor da tua ausência.
Onde está o teu peito?
Onde está o teu braço?
Onde está o teu doce beijo?

## *Mendiga de amor*

Uma rosa,
Eu só queria uma rosa.
Vermelha e perfumada.
Mas pode ser outra flor.

Um poema,
Eu só queria um poema.
Um poema de amor.
Mas pode ser qualquer poema.

Um beijo,
Eu só queria um beijo.
Na boca.
Mas pode ser apenas na testa.

Um abraço,
Eu só queria um abraço.
Apertado, envolvendo a cintura.
Mas pode ser só um aperto de mão.

Um homem,
Eu só queria um homem.
Para me ofertar a rosa, o poema,
O beijo e o abraço.

Um homem,
para sussurrar no meu ouvido
Sussurros atrevidos.
Para me chamar de sua.

De grandes desejos,
Só me restam migalhas.
Sou mendiga.
Mendiga de amor.

## Ninho desfeito

Os longos cabelos são como
Um bordado a enfeitar a fronha branca.
Os olhos se fecham sem pensamentos.
Sob a cortina escura das pálpebras
Acontece o encontro:
Ela o chama pelo nome,
Terna e apaixonadamente.
Ele a beija,
E a chama pelos mais carinhosos e atrevidos nomes.
A rosa mais perfumada,
A rosa mais sedosa abriu-se para o receber.
Com as mãos trêmulas, ela remexe nos lençóis
Em busca do seu corpo amado.
Abre os seus olhos
Para ver seu sorriso gentil.
Ninho desfeito, nada encontra.
Palavras inconformadas,
Como que arrancadas de dentro do peito,
Explodem em voz rouca, repetidamente:
"Queria que estivesse aqui comigo, aqui comigo,
[aqui comigo"
Lágrimas quentes escorrem pelo seu rosto marcado
[de amargura.
Como consolo para a alma atormentada de paixão,
A voz suave de Nat King Cole inunda o quarto escuro:
"When I fall in love
It will be forever"

## Tormentos da alma

Corpo enfraquecido,
trêmulo,
lutando contra o medo.

Alma atormentada.
Medo de não ser amada.

A morte.

A morte de sonhos,
A morte da esperança,
A morte das flores
E seus doces perfumes.

A morte de tudo o que traz alegria e encanto.
A morte da paixão.

O medo do abandono.
Tormentos da alma.

## Amor amargo

Acabou
O que
Nunca
Existiu.
Nunca?
Foi
Apenas
Imaginação,
Para sempre
E sempre.
Nunca
Existiram
Promessas.
Seguir
O caminho
É difícil.
O amor é
Amargo.
É apenas
Capricho
De um
Pobre
Coração
Apaixonado.

## Solidão

a solidão me encobre
a tristeza me consome
meus joelhos dobram
minha alma se curva
com o peso

do

braço

da

solidão

# O tempo

## O vazio do tempo

Dia: passam as horas.
Noite: passam as estrelas.

Pobre mulher, febril,
De olhar perdido que te busca
Pelo vazio do tempo.
Entregue ao abandono.
Inconformada com o destino.
Vencida pela desilusão.

Dia: se sonha muito a cada hora.
Noite: se morre um pouco a cada minuto.

Mísera mulher,
Despida de esperança,
Adormece nos braços
Da cruel amargura.

## O tempo

Pelos caminhos percorridos
Portas e portões abrem-se
Em sorrisos,
Em lágrimas,
Em revoltas,
Em amores.

A ausência tem um perfume.
Perfume em forma de lembrança.
Que o vento traz quando menos se espera.
E o tempo a transforma em ternura.

## *Nada*

Não há nada para ser dito.
Mesmo assim, a mão continua escrevendo:
Nada.

É o nada cheio.
Cheio de quê?
De nada.

Faz frio.
Acabou a chuva.
Acabou o dia.
A noite está a meio.

Sinto falta não sei de quê,
Não sei de quem.

O silêncio consome as horas:
Ou se medita ou se enlouquece.

Ou pode ser uma prece.

Lágrimas gotejam dos olhos da alma.
Lágrimas secas.
Acabou a chuva.
A noite está no fim.
Faz frio.

## Compasso do tempo

Pensamentos em forma de sons.
Sentimentos compassados como o escorregar
Dos dedos nas teclas de um piano
Em busca de uma doce melodia.

Sons mudos.
Sons vivos apenas no interior da alma.

O tempo cobra a partida.
O diapasão dá o tom da oração.

A alma se despede a cada dia
E, lentamente, se esvaece em calma melodia.

# A superação, a esperança

## Coração em retalhos

É tão doloroso,
Tanta dor no meu coração.
Foi rasgado, picado,
E os pedaços jogados ao léu.
Eu vou superar.
Eu quero superar.
Recolho os farrapos
E os remendo com o carinho solidário,
Com o amor que vem de Deus.
A agulha é grossa.
A linha é áspera.
Os pontos são largos:
Dói.
Sangra.
Vou remendando os retalhos.
Botões de rosas vermelhas florescem das feridas.
Vou superar.

## Folhas ao vento

Caminhando pela terra, um anjo
Interrompe sua jornada para ouvir o sussurro do vento.
O anjo observa as folhas das árvores libertando-se
[de seus galhos
Que voam como lindas borboletas violetas,
Alaranjadas,
Verdes esmaecidas
E douradas.
O corpo do anjo se desfaz de todas as suas dores.
Seus pés, como raízes que antes estavam agarradas
[à terra,
Libertam-se: a alma angelical canta e
Dança com as folhas ao vento.

## *Ser*

Sou a flor suave
E a pedra dura.
Sou a brisa
E a tempestade.
Sou a paz
E sou a guerra.
Sou o fogo flamejante
E a água cristalina.
Sou a dor e o gozo,
O riso e a lágrima.
Sou extremos:
O cheio
E o vazio.
O tudo e
O nada.

## Herança de paz

Não mais dor.
Não mais sofrimento.
Possam as crianças herdar um mundo de paz.

Não mais medo.
Que haja alegria.
Possam as crianças viver a infância a que têm direito.

Não mais egoísmo.
Que prevaleça a solidariedade
E a liberdade.

Em vez de destruir, passemos a construir.

## *Livre como o vento*

Folhas rodopiantes.
Sussurros do vento.
Carícias nos cabelos.

A alma canta em silêncio,
E o corpo se desfaz de todas as dores,
Perdendo-se no ar e misturando-se às folhas outonais.

As raízes desatam-se da terra:
Não mais amores e nem sofrimentos.

## *A chave para a perfeição*

O cadeado aguarda para ser aberto:
Sonhos serão liberados.

Mente, coração e alma
Lutam contra o medo,
Contra o cansaço,
Contra a frustração.

Trabalham para além do limite das forças,
Para alcançar a chave perfeita.
Perseverante.
Inabalável.

## Luz do amanhecer

Esperança de te encontrar
Na noite silenciosa e vazia.

De ouvir a sua voz rouca,
De receber seu olhar amoroso,
De ver seu sorriso cheio de ternura.

Na noite triste e escura,
Penduro uma Lua branca.

O corpo se entrega ao cansaço.
Os olhos se fecham vagarosamente.

E ao amanhecer,
A luz dourada será tecida
Em versos renovados.

# O recomeço: a casa dos meus pais

## *A Casa da Rua Lúcia*

É uma casa quase centenária,
Casa de grandes tijolos de barro,
"Duros como ferro" – como diz minha mãe,
Unidos com barro: barro com barro.

É, parece que eu vim da mesma matéria
E com ela fui trabalhar minhas esculturas.

As paredes de barro que seriam apreciadas,
Com certeza, pelo meu amigo de infância,
Mestre Vitalino,
Guardam muitas memórias.

Possuem uma aura própria,
Uma aura de infância,
De cumplicidade das minhas traquinagens de menina.
Das minhas paixões e frustrações de adolescente,
De noites sem dormir de tanto estudar,
E... de tanto sonhar.

Esta casa velha me conhece tão bem,
Conhece meus avós, quando também moravam aqui.
Conhece meus tios e tias que vinham alegres nos
[visitar
E contar suas histórias,
Trazer balinhas para as crianças e flores do jardim:
As belas e inocentes margaridas da Tia Joana.

Meu pai a revestiu de outras janelas,
A revestiu de ladrilhos,
De pedras e de tinta:
Em um estilo único.
Estilo do meu pai.

"A Casa da Rua Lúcia"
Assim é conhecida entre eu e meus irmãos:
"Lá na Casa da Rua Lúcia a figueira está cheia de figos!"
"Quantos maracujás na Casa da Rua Lúcia!"
"A camélia está cheia de flores na Casa da Rua Lúcia"

Passaram-se muitos anos.
E tudo ainda está em paz na Casa da Rua Lúcia:
As paredes de barro só observam,
Impacíveis e cúmplices,
Torcendo por cada um de nós.

## O jardim do meu pai

A um canto a observar a festa,
Bem longe da formosa Rosa,
E longe da soberba Camélia,
Encontra-se a mimosa Violeta.

Eis que seu olhar encontra
O porte orgulhoso do Cravo,
Muito ocupado ele está
Com a alegre Margarida.

Um perfume se impõe a todos:
O estrondoso Lírio acaba de abrir!
Seu pólen espalha-se pelo jardim
E colore o branco puro do Jasmim.

Se tiver sede de beleza
Poderá beber do generoso Copo-de-Leite,
Mas se tiver vontade de delicadeza
Basta cheirar o perfume da Flor de Laranjeira.

Sobre o rústico muro
Esbanjam-se as flores das Glicíneas,
Distraída, a violeta poderia confundir
Seus cachos com as doces uvas da Parreira.

Esperta é a Rainha da Noite;
Só uma vez se abre,
Apenas para acalentar
A madrugada do pensador.

Lá em cima há uma coroa: a Flor da Paixão.
Os Anjos a têm sempre perto.
Parece feita de espinhos, mas é de Vida,
Impregnada de sua própria Luz.

E de Luz entende o Girassol:
Incansável, tem seu olhar sempre para o céu,
E, humilde, reflete em dourado
Todo o esplendor do Rei Sol.

Alegre está a pequena Violeta:
Sente-se parte da festa
Quando uma linda borboleta a escolhe
Para beijar-lhe as perfumadas pétalas.

# A arte

## Viagem

Quero fechar os olhos
E ouvir o murmúrio das águas do Sena,
Revelando antigas histórias
Sob as pontes de Paris.

Quero fechar os olhos
E me perder por Veneza
Cedendo ao encanto
Da luxuosa fantasia.

Quero fechar os olhos
E encontrar Michelangelo
Em pleno ato de esculpir
Sob o céu de Florença.

Vem, me dá tua mão:
Eu vou te fazer voar
Como os ternos amantes
Dos quadros de Chagall.

## Livro de arte

Papoulas vermelhas em verdes campinas,
Crianças que brincam na vila.
Jarros de porcelana decorados com flores delicadas,
Conversas na balança no Jardin de Tulleries.

Um barco com seus remadores e
Outro barco como um lar-studio.

Imagens que enchem os olhos de sonhos,
De um passado nunca vivido.

De repente, os Amarelos Girassóis
E a Noite Estrelada
Perdem as cores
E o brilho das estrelas.

Para o Sol: o cair da noite.
Para a Lua: o nascer do dia.
Para os lábios: tristes sorrisos.
Para as janelas da alma: quentes lágrimas.

## *Infinito celestial*

Eu gostaria que minha voz soasse como música.
Eu gostaria que as minhas palavras
Fossem uma harmoniosa melodia em notas suaves,
Mas o som da minha voz reverbera somente em
[tom vacilante.
Desastrosas palavras sopradas.

Eu gostaria que a minha arte expressasse o infinito.
Mas o infinito é tão etéreo que eu não posso
[alcançá-lo.

A música é a voz dos anjos.
O infinito é a morada do Criador.
Mas eu não sou anjo.

Deus teve pena de mim e me deu a música para
[apreciar
E o infinito para sentir em forma de amor e esperança.

Eu não sou poeta.
Eu não finjo ser poeta.
Eu não tenho certeza de onde essas palavras nascem.

Espero que, um dia, o infinito encontre minha arte.
Como a música encontrou o meu coração.
Espero que um dia eu possa me tornar poeta
De tintas, de formas e de palavras.

## Último poema

Arte:

A última voz, a última cor, a última textura que
[permanecerá.
Seria bom se todos pudessem transmitir a candura que
[tem na Alma através dos olhos e através de um
[simples sorriso.
Eu sinto falta, cada vez mais, da doçura.
Eu não sei se é medo de se expressar e de se machucar,
Ou se o coração das pessoas está se tornando
[endurecido.
Talvez esta seja uma das missões da arte:
Amansar os corações e
Trazer de volta a ternura em seus olhos.
Um artista é sempre cândido em sua arte,
Não importa o assunto.
Não há fealdade na arte que se expressa pela alma,
Porque a feiúra não encontra lar em um coração.
O mundo precisa de arte.
O mundo precisa de artistas.
Será a voz de nossos corações
O último som que irá ecoar no mundo.
O último som a ser ouvido,
A última cor a ser vista,
A última textura a ser tocada.
Eu terei esperança enquanto existir arte.

Selected poems

## The Path of the Water

The rainwater
Reaches the ground and
Increase the water of the stream.
The water follows its destiny
Not knowing which stones
Will have to overcome.

Suddenly: the abysm.
There will be no time for fear.
In scattered water droplets
It will take the form of a wedding veil.
Sweet illusion of crystal clear water:
The bridal veil falls apart at the end of the fall,
Painfully, against the rocks.

Behold, it joins other waters,
Sisters-water droplets from other rains
And they unite their fates.
At the end of the career: the great ocean.
The fresh water surrenders, in relieve,
To the salty arms of the sea.

It is no longer lonely:
It united along the way with other waters.
It is no longer unique:
It was lost in its surrender to the ocean.

## Rendezvous of Sea and Sky

It is summer morning.
The sun slowly rises and
Warms the sea water.

The gentle breeze
Plays with the girl's hair.
The wave comes and enfolds her feet.

In her little hands she takes
The line joined between sea and sky:
On the horizon there is a hidden love.

In a shell-shaped
Her hands close and keep this love
Like a rare pearl.

She feels a new wave
Touching her bare feet:
The soul gets thrilled.

The beauty is released:
Spirit and pearl join to the sea.

## *Heart in the Shore*

It is dawn on the beach.
The wind embraces the body with its velvet hands.

I hear the mother saying to her little daughter:
"If you dig deep you'll reach the other side of
[the world!"
"It is true!" – replies the little one.

I remembered my mother saying the same thing while
I was digging the sand on the beach, on my childhood
[and, my thought was:
"what would there be on the other side of the world?"
I look up:
What would there be beyond the "thin line" that they
[call "horizon"?

The waves of the sea dance their eternal ballet,
Accompanied by their own mournful song.

The wind whispers to me:
"Beyond the horizon, young girl, there is poetry."
I doubted the wind.

I bow my head: a huge heart has been traced in the
[sand.

Maybe it is the heart of the wind of velvet hands.
Maybe it is the heart of the sea full of lamentations.
Maybe it is the heart of the horizon covered in poetry.

## The Time

The gates we pass through,
Over the roads we travel,
Remains a scent,
A smile,
A tear,
A memory.
Bitter and sweet memories.
Time turns to tenderness.

## Defeat of Reason

In the battle between reason and feeling
The heart wins over the mind,
As a winning general.
Fighting is a tiring thing
And a defeat for sure.

To love is to surrender,
It is to hold and to keep.
To love is to be reborn, moaning and crying.
To love is to ward off the lurking death.

## *A Ship to Cross the Sea of Suffering*

Hitting the boat hull,
The waves leave their marks.

Each mark is a story of struggle,
Passion and suffering.

In the ocean of life
The boat never stops.

## A Dark Night without Stars

The King Sun shed his light to say goodbye.
It leaves only darkness behind.

Stars!
Stars!
Where are the stars?
How much lonely.

I look at the sky
And it is so dark!
I don't like dark skies.
How much disillusion.

I look at the sky:
It is a dark night without stars,
It is a sad night without song,
It is a dead night without passion.

## Dawn

I hope to find you
In the silent,
In the empty night.

To hear your rough voice,
To receive your loving gaze,
To see your smile full of tenderness.

In the dark and sad night,
I hang a white Moon.

The body surrenders to fatigue.
The eyes close slowly.

And at dawn,
The golden light will be woven
In renewed verses.

## *Storms of the Heart*

Weakened body,
Trembling,
Fighting fear.

Tormented soul.
Fear of not being loved.

The death.

The death of dreams,
The death of hope,
The death of flowers
And their sweet scents.

The death of joy and enchantment.
The death of passion.

The fear of abandonment.
Torments of the soul.
Storms of the heart.

## Beggar of Love

A rose,
I just wished a rose.
Red and fragrant.
But it could be another flower.

A poem,
I just wanted a poem.
A love poem.
But it could be any poem.

A kiss,
I just wanted a kiss.
In the lips.
But it might just be on the forehead.

A hug,
I just wanted a hug.
Tight, around the waist.
But it might just be a handshake.

A man,
I just wanted a man.
To offer me the rose, the poem,
The kiss and the hug.

## solitude

the shade covers me
the sadness  consumes me
my knees bends
my soul surrenders
to the weight

of the

arm

of

loneliness

## Rain Drops

It rains outside.
Drops fall like tears dripping from roof
And crash on cold floor.

The most painful tears
Are silent.

They are those that come from the heart.
It rains outside.

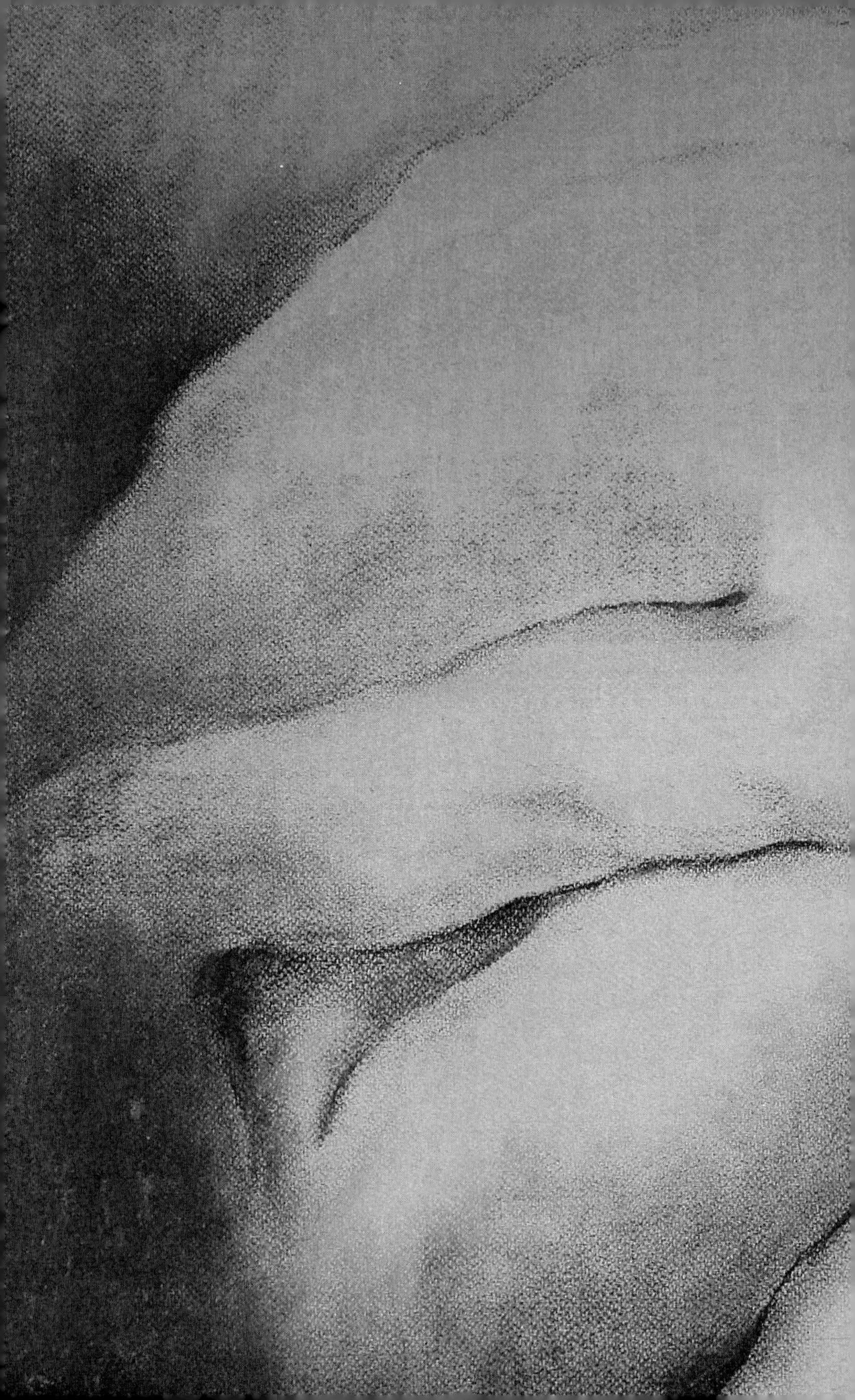

## *Guardian Angel*

My angel, I pray thee: wipes my tears,
Relieve my pain, soothe me in thine arms.

## Memory Smell

Along the paths taken
Doors and gates open
in smiles
In tears
in struggles
In flames of love.

The absent has scent:
Memory smell.
The wind brings when you least expect it,
And time turns it into tenderness.

## Patched Heart

It is so painful,
So much pain in my heart.
It was torn, chopped,
The pieces tossed adrift.
I will get over it.
I want to get over it.
I collect the pieces
And I patch them with the caring solidarity,
With the love that comes from God.
The needle is thick.
The line is rough.
The stitches are wide:
It hurts.
Bleeds.
I am patching up the patches.
Red rose buds bloom from the wounds.
I will get over it.

## Heritage of Peace

No more pain.
No more suffering.
May children inherit a world of peace.

No more fear.
May there be joy.
May children live their childhood to which they are
[entitled.

No more selfishness.
Shall solidarity
And freedom prevail.

Instead of destroying: let's build.

## Free as the Wind

Whirling leaves.
Whispers of the wind,
Playing with the hair.

The soul sings in silence,
And the body gets rid of all pain,
Losing itself in the air and blending with the autumn
[leaves.

The roots come loose from the earth:
No more loves and no more sufferings.

## Key to Perfection

The padlock waits to be unlocked and release
[the dreams.
Mind, heart and soul strive against fear and go beyond
[limitation in order to reach the perfect key.
Persevering.
Unwavering.

## Diaphanous Sky

I lose my gaze on the perennial beauty of nature
And I find peace in the diaphanous color of the dome
[that surrounds us.

God is good and generous.
And I have so much to live for.

## At the Natural Park

When I step on the ground my heart beats faster.

I look around: rocks, logs, branches, water.
Microorganisms that interact with matter create
[magnificent effects of textures and colors.

On the paths I walk,
Searching of what only the heart can see,
And only the nature can offer,
I keep the feelings in my soul.

The voice of the nature whispers messages of beauty
[and peace.

## The House on Lúcia Street

It is an almost century-old house,
Large clay brick walls house,
"Hard as iron" - as my mother says,
Bricks joined with clay: clay with clay.

It looks like I really came from that material and,
With that I went to work on my sculptures.

The clay brick walls that would be appreciated
By my childhood friend Master Vitalino,
They keep a lot of memories.

The walls have an aura of their own,
A childhood aura,
Watching the children's games,
Beholding my sufferings of teenage passions
And frustrations,
Caring about my sleepless nights from studying
And... dreaming.

This old house knows me so well,
It knows my grandparents when they used to live
[with us.
Knows my aunts and uncles who came to visit us
[cheerfully
And telling their stories,
Bringing candy for the children and flowers from the
[garden:
Aunt Joana's beautiful and innocent daisies.

My father covered it with other windows,
Covered with mosaics,
Stones and paint:
In a unique style.
My father's style.

"The House of Lúcia Street"
This is how it is known among me and my brothers:
"Back at the House of Lúcia Street, the fig tree is
[full of fruits!"
"It is time to harvest the delicious passion fruits at the
[House of Lúcia Street!"
"The camellia is blooming beautifully at the House
[of Lúcia Street!"

Many years have passed.
And everything is still peacefully at the House of
[Lúcia Street:
The clay brick walls only observe,
Immaculate and fondly friendly,
Cheering for each one of us.

## My Father's Garden

In a corner, watching the party,
Far away from the beautiful Rose,
And away from the elegant Camellia,
There stays the gracious Violet.

Then her gaze finds
The proud bearing of the Carnation,
Very busy he is
With the cheerful Daisy.

A scent imposes itself on everyone:
The lush Lily has just opened!
Her pollen spreads through the garden
And colors the pure white of Jasmine.

If you are thirsty for beauty
You can drink from the generous Calla Lily,
But if you are in the mood for delicacy
Just smell the scent of the Orange Blossom.

Wisteria flowers spread
On the rough wall.
Distracted, the Violet could confuse
Her bunches with the sweet Grape Clusters.

Smart is the Queen of the Night;
Only once it opens,
Just to cherish
The thinker's dawn.

Up there is a crown: the Flower of Passion.
The Angels are always close to it.
It looks like it is made of thorns, but it is of Life,
Filled with its own Light.

About Light understands the Sunflower:
Tireless, he always looks to the sky,
And, humble, reflects in gold
All the splendor of King Sun.

Happy is the little Violet:
She feels part of the party
When a beautiful butterfly chooses her
To kiss her fragrant petals.

## Voyage

I want to close my eyes
And hear the murmur of the water of the Seine,
Revealing old stories
Under the bridges of Paris.

I want to close my eyes
And get lost in Venice
Giving in to the charm
From the luxurious fantasy.

I want to close my eyes
And find Michelangelo
In the act of carving
Under the sky of Florence.

Come, give me your hand:
I will make you fly
As the fond lovers
From Chagall's paintings.

## Art Book

Red poppies on green meadows,
Children playing in the village.
Porcelain vases decorated with delicate flowers,
Conversations next to the swing in the Jardin de
[Tulleries.

A boat with its oarsmen and
Another boat as a home-studio.

Images that fill our eyes with dreams,
From a past never lived.

Suddenly the yellow Sunflowers
And the Starry Night
Lose their colors
And the glow of the stars.

To the Sun: nightfall.
To the Moon: daybreak.
To the lips: sad smiles.
To the windows of the soul: warm tears.

## *Celestial Infinite*

I would like my voice to sound like music.
I would like my words were
A harmonious melody on smooth notes.
But the sound of my voice only reverberates in a
[faltering tone.
Disastrous blown words.

I would like my art to express the infinite.
But infinity is so ethereal and I cannot reach it.

Music is the voice of angels.
The infinite is the Creator's abode.
I am not an angel.

But God took pity on me and gave me the music to
[enjoy
And the infinite in the form of love and hope to feel.

I am not a poet.
I don't pretend to be a poet.
I'm not sure where these words come from.

I hope that one day, infinity will find my art.
As music touches my heart.
I hope that one day I can become a poet
Of paints, shapes and words.

## The Last Poem

Art:
The last voice, the last color, the last texture that will
[remain.
It would be nice if everyone could offer the kindness
they have in their Souls through their eyes and through
[a simple smile.
I miss, more and more, the sweetness.
I don't know if it is fear of expressing ownself and
[getting hurt,
Or if people's hearts are becoming hardened.
Perhaps this is one of the missions of art:
Soften the hearts and
Bring back the tenderness in the eyes.
An artist is always sincere in the art,
It doesn't matter the subject.
There is no ugliness in art that expresses itself by
[the soul,
Because ugliness finds no home in a heart.
The world needs art.
The world needs artists.
It will be the voice of our hearts
The last sound that will echo in the world.
The last sound to be heard,
The last color to be seen,
The last texture to be touched.
I will have hope as long as there is art.

# Obras/Masterpieces

A Dança Gentil da Vida
Acrílica e Óleo sobre Tela, Paper Clay, Conchas Naturais. 78 H x 60 L cm. 2016.

The Gentle Dance of Life
Acrylic and Oil on Canvas, Paper Clay, Natural Shells. 30"H x 23"W. 2016
Noemia Alonso Felipe PG 2

Série As Cinco Musas – Escultura
Argila Branca Queimada, Tinta Acrílica.
49 H x 45 L x 20 P cm. 2011

The Five Muses Series – Sculpture
Fired Clay, Acrylic Paint.
19"H x 17"W x 8"D. 2011

Noemia Alonso Felipe PG 5

Anjo d'après Mucha
Acrílica e Óleo sobre Tela, 224 Zircônias, Quartzo Rutilado.
109 H x 100 L cm. 2001
Coleção Particular

Angel after Mucha
Acrylic and Oil on Canvas, 224 Zircons, Rutilated Quartz Stone.
43.3"H x 39.37"W. 2001
Noemia Alonso Felipe
Private Collection PG 14 & 15

Sentimento é Tudo
Acrílica sobre Tela.
71 H x 56 L cm. 2016

Feeling is All
Acrylic on Canvas. 28"H x 22"W. 2016
Noemia Alonso Felipe PG 18

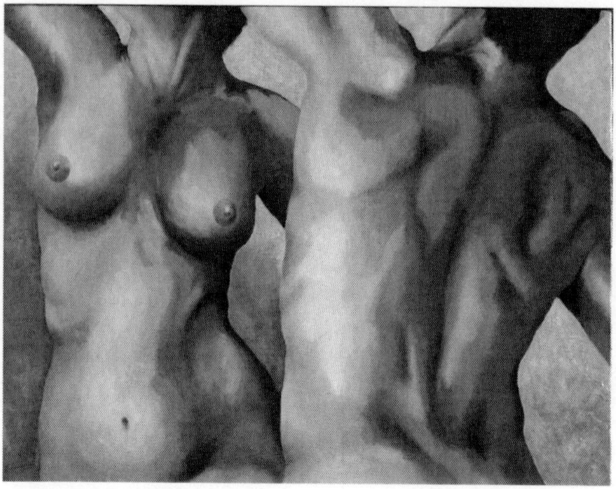

**Paso Doble**
Acrílica sobre Tela
78 H x 78 L cm. 2012

**Paso Doble**
Acrylic on Canvas
30"H x 30"W. 2012
Noemia Alonso Felipe PG 22 & 23

Dois Anjos
Acrílica sobre Illustration Board
100 H x 76 cm. 2011

Two Angels
Acrylic on Illustration Board
40"H x 30"W. 2011

Noemia Alonso Felipe

Private Collection PG 30

Série Dança das Horas – Meio-Dia, Amanhecer, Anoitecer
Bronze. Detalhe. 2015

Dance of the Hours Series – Noon, Sunrise, Sunset Bronze. Detail. 2015.
Noemia Alonso Felipe PG 32 & 33

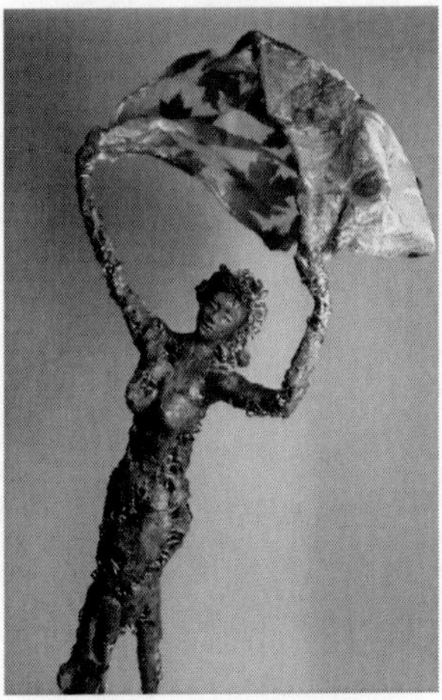

Livre como o Vento
Galhos, Paper Clay, arame, folhas sêcas. 89 H x 81 L x 38 D cm. 2015

Free as the Wind
Tree branches, Paper Clay, wire, dried leaves. 35"H x 32"W x 15"D. Detail. 2015. Noemia Alonso Felipe PG 35

Série Dança das Horas – Anoitecer
Bronze. 58 H x 40 L x 33 D cm. Detalhe. 2015

Dance of the Hours Series - Sunset
Bronze, 23"H x 16"W x 13"D. Detail. 2015.
Noemia A Felipe PG 38

Tormenta do Coração II
Acrílica sobre Tela, 40 H x 50 L cm. 2017

Storm of the Heart II
Acrylic on Canvas, 16" x 20". 2017.
Noemia Alonso Felipe PG 42 & 43

Série Dança das Horas – Meio-Dia
Bronze, 76 H x 27 L x 27 D cm. Detalhe. 2015

Series Dance of the Hours – Noon
Bronze, 30" H x 11"W x 11"D. Detail. 2015
Noemia Alonso Felipe PG 51

Esperança
Grafite sobre Papel, 70 H x 50 L cm. 1985

**Hope**
Pencil on Paper, 27" H x 19" L. 1985
Noemia Alonso Felipe PG 56

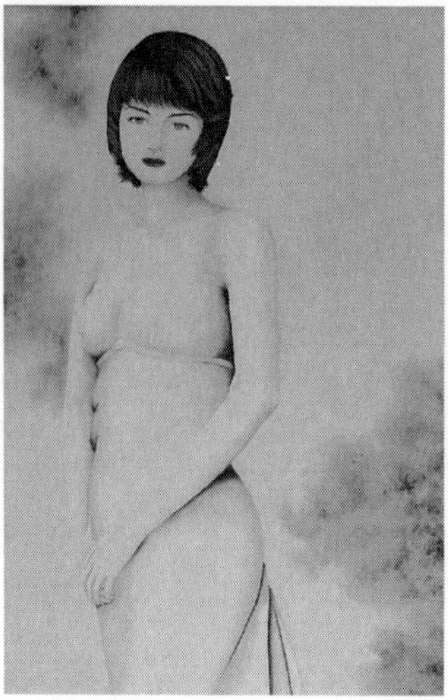

Série As Quatro Estações – Primavera
Óleo sobre Tela, Flores em Madrepérolas, Zircônias. 154 H x 55 L cm. 2000. Coleção Particular

The Four Seasons Series – Spring
Oil on Canvas, Mother-of-pearl Flowers and Zircons. 60.6"H x 21.6"L. 2000. Private Collection
Noemia Alonso Felipe PG 64

Par Camafeu – Serena
Argila Branca Queimada, Tinta à Óleo.
44 H x 25 L x 18,5 P cm. 2009

Cameo Pair – Serena
Fired Clay, Oil Paint
17.32"H x 11.61"W x 7.28"D. 2009
Noemia Alonso Felipe
Private Collection

PG 69

Chave para a Perfeição
Bronze. 42 H x 57 L x 28 P cm. 2011

Key to Perfection
Bronze. 16.5"H x 22.5"W x 11"D. 2011. Noemia Alonso Felipe
PG 74 & 75

Chave para a Perfeição
Acrílica sobre Clay Board. 60 H x 76 L cm. 2010

Key to Perfection
Acrylic on Clay Board. 24"H x 30"W. 2010
Noemia Alonso Felipe
PG 82 & 83

Estudo de Figura Feminina II - Gea
Carvão e Pastel sobre Papel. 50,5 H x 65,5 L cm. 2015

Study of Female Figure II - Gea
Charcoal and Pastel on Paper. 19.69"H x 25.59"W. 2015
Noemia Alonso Felipe PG 90 & 91

O vento traz o perfume da tua ausência
Óleo sobre Tela. 71 H x 56 L cm. 2019

The wind brings the scent of your absence
Oil on Canvas. 28"H x 22"L. 2019
Noemia Alonso Felipe PG 98

Cordas da Memória
Óleo sobre Tela, Cascas e
Flores de Palmeira.
100 H x 61 L cm. 2019

Memory's Strings
Oil on wood, Palm Tree Branch and Flowers.
41"H x 24"W. 2017 Noemia Alonso Felipe PG 109

Para conhecer outros lançamentos da In Media Res Editora, visite o site:

www.inmediares.com.br